照进
生命的光

于西子 著

时代文艺出版社

图书在版编目（CIP）数据

照进生命的光 / 于西子著. —长春：时代文艺出版社，2020.02

ISBN 978-7-5387-5745-3

Ⅰ.①照… Ⅱ.①于… Ⅲ.①诗集－中国－当代 Ⅳ.①I227

中国版本图书馆CIP数据核字（2019）第241646号

出 品 人　陈　琛

产品总监　郭力家

责任编辑　冀　洋

装帧设计　孙　利

排版制作　任　奕

照进生命的光

于西子 著

出版发行 / 时代文艺出版社

地址 / 长春市福祉大路5788号　龙腾国际大厦A座15层 邮编 / 130118

总编办 / 0431-81629751　发行部 / 0431-81629755　北京开发部 / 010-63108163

官方微博 / weibo.com / tlapress　天猫旗舰店 / sdwycbsgf.tmall.com

印刷 / 天津光之彩印刷有限公司

开本 / 787mm×1092mm　1 / 32　字数 / 169千字　印张 / 8.5

版次 / 2020年2月第1版　印次 / 2020年2月第1次印刷　定价 / 48.00元

序·生命的踊跃之光

从诗人与诗歌的关系视角进行审视，似乎可以把诗人分为两类：一类是"人本诗人"，这类诗人其诗格与人格是一致或趋于统一的，诗人与其诗歌文本如天作之合，人诗合一；一类是"文本诗人"，这类诗人其诗格与人格是不一致甚至判若云泥的，写诗和做诗人完全是两码事，不管诗人如何作为，但也并不妨碍其诗歌文本独立发生美学影响。

基于如上分类，于西子显然属于第一种类型。从她的诗作中能够非常清晰地读出她的生命与诗歌的关系，解读出她的诗歌中的情感波动、生涯历程、生活情趣与人生境界，而在这些生命状态里，我分明读出一个积极入世的"阳光女生"。

初读这本诗集，感觉整本诗集都被阳光照耀着。我做了粗略统计，在这部有一百三十二首诗的集子中，表现积极状态的词汇非常多，仅与"阳光"一词有直接关联的词汇，如"阳光"出现十七次，"太阳"出现九次，"光芒"出现三次，"光明"出现三次……这些频繁出现的词汇足以支持"阳光女生"这一概括。

"阳光"在各语种的词汇系统中均有相同的含义，其本义多指太阳光，寓意为人格光明，积极向上，乐观开朗，活泼有朝气。阳光是外在于人的，但当它与人发生关联后，便构成了一个有关生命的稳定结构或命运的交响：阳光照射——生命醒来——命运契机，"我在晨曦中发现光的秘密/是醒来，生命即是新的契机"（《我在晨曦中解读光的秘密》）。在她的世界里，阳光更是内在于生命的，是住在自己心中的。如果一个人心中充满阳光，那么他/她的世界一定温暖如春、鲜花盛开："心中住着一个太阳/照亮我心中的暖/……/它是四季谱写诗歌/雨露润泽/它是花/是美/是盛开着的爱/是暖/是住在心中的——太阳"（《心中住着一个太阳》）。

有趣的是，"月亮""月光"也是"阳光女生"不断歌咏的对象。因为月亮并不发光，它的光芒是反射太阳的光，"月亮不会发光/太阳却赋予它光芒"（《月亮不会发光》），所以我们读到了这种表达："这一夜，它正圆/在瞬间的秘密里/早已将全部的心思点亮/这便是/照亮——生命的地方（《照亮生命的地方》）。

我相信，于西子的《我接受》一诗是她对世界的认知，也是她写作生涯的转折点。在这首诗里，作者突然以"我接受太阳照亮月光"开头，把自然的、更是生活际遇和人生命运中的阴霾和忧郁罗列在诗中，有关沙尘、乌云、诽谤、嫉妒、贪婪、谎言、恶意、怀疑、愤懑、孤独及人生残缺、悲欢离合。她用"我接受一切"来深沉化解。

尽管有一些诗作很像有青嫩之气的"青春哲理"之作，但我确信这些诗歌不是这种类型，也不是少年强说之愁。它们是生命的年轮、故事的尾声、心灵的决心，是某个物理事件，或更多是心理事件的结局或开始。通过接受，通过爱，通过感恩，通过善，通过放下，来化解一切命运的安排，这是一种来自"阳光女生"的强大心力和生命从容。

> 我接受晨露润泽花朵
> 在有限生命里开出无垠的浩瀚
> 我接受所有
> 包括不完美的自我
> 仍勇敢地手握独立完整的生命
> 选择在恬淡从容中走过
> ......
>
> ——《我接受》

我不赞成以性别论诗，但又不能否认存在性别写作的事实。读者从于西子的诗作中几乎读不到任何与女性的生理特征相关联的词汇和诗句，但完全能够在她的诗中感受到女性的阴柔之美，它是少女的，也是母性的，更是天使的：

坚定："将宁然住在心底/用曾不可怀疑的预言/去撼动冷若冰霜的世界/走一条坚定的心路/任繁花开遍山野"（《坚定》）。

自由："纵使世界掀起巨浪/岿然不动，是心/于每个日出日落/给片刻时间，自由"（《自由》）。

善意："打开心灵，用善意/去解读世间万物/它们，一切——/如风拂海面/轻柔温暖，若懂得/正是恰到好处的心灵"（《恰到好处的心灵》）。

美好："花开四季分明/却怒放在心间不败/一切终会过去/唯爱与希望，美梦成真"（《美梦成真》）

这本诗集是于西子亲自选编的，她别出心裁地把自己的大量诗作编辑了七个专辑：行、悟、情、奇、书、花、话（谐音即诗行琴棋书画花），前面均冠以"诗"。她不是所谓的"专业诗人"，但那又如何？从她这种编排和定义，以及各辑的诗作中，读者能读出她的诗意就在生活日用之中，在她天使般的笑容、柔情、感动和附身轻唤一草一木的瞬间。而这，正是诗意的方向和最为精准的入口。

应该说，对任何人而言，人间的生活并不是每月每天、每时每刻都充满阳光和诗意的，但问题是如何去化解或超越这些并不那么美好的生活？并不那么美好的生活告诉我们：没有标准答案。

这样一个心中住着太阳或被阳光照亮生命的人，不能不有很多传奇和励志的故事。于西子不仅是出身北京大学的文学学士，同时在空间设计方面有她创办的FAYDESIGN设计公司以及她联合创始的建筑企业，它们均在良好迅速发展中，而她用爱好参加的全国花艺大赛也获得十佳的成绩。特别是在生活和工作之余，一直保持着学习状态，目前正在攻读北大心理与认知科学学院硕士。我无法得知她的诗作中那些积极跃动的阳光与她的经历究竟有什么关联，但我相信其中必有连诗都妙不可言的地方。

李占刚

2019.12.24于卢沟桥畔

目 录

第一辑 诗·行

第三辑　诗·情

第五辑　诗·书

第六辑　诗·花

诗·行/　　　第一辑

画卷里的那抹底色

我只是画卷里的那抹底色

开弓后的一道弦音

我只是闭幕后的掌声

梧桐树上看不见的根茎

我只是已然愈上的痕

骤雨初歇的那一撇风清

疾驰的火车呼啸而过

扰动被遗忘的我

请不必相视

亦无须对言

纵使千壑于心

她仍遗世独立

一直存在着——

在灵魂中

在你每一次的呼吸里

去遇见，恰好的结局

想念是一片流动的云
偶尔停歇在风的掌心

岁月奏响串串音符
在高低轻重缓急间
谱成宁谧安然的乐曲
在月光下游离
随光影颤动起的身影
那样安静的时刻
是否听见呼吸的声音
若生命最初的样子
去遇见，恰好的结局

于是，
当阳光洒在心间
世界只剩下，一整片光明
……

意　义

不要问我意义
囚徒在宣判的那刻
读懂了自由

婴儿的第一声啼哭
诠释了生命

流星在绽放的一瞬
放弃了故土

心跳停止的一刹那
错过了珍惜

转身离去的决绝
教会了"接受"的意义

不必问每一个字留驻哪里
或勾勒线条的轻重缓急
每一朵花的姿态随意
再进入经典中融入的传奇
任时光于浪费中消逝
心却在那一刻专注里

若读一本厚重的书
即使翻到了结局
感动心灵的
仍是过程中最美的艰辛

降下欲望的风帆

降下欲望的风帆
去拒绝大海的诱惑
择一处岸田
用余生去耕种结果

万物皆在我心
却只取一处承诺
桑田三番轮回
而恒心是那颗执着

如果可以逃脱
世事便不再问却因果

只管走下去
阅尽人间繁华
却云淡它风雨蹉跎

过　客

我们都是昨天的过客
明天的俘虏
却在今天焦虑地活着

看花开了又败
听水潺湲回转
在最高处孤独仰望
水穷处浮华眷顾
云起时淡泊从容
行路匆匆
一身藏一掷孤注
不如，紧握当下的手

坚定笃信——
永远都有明天
静谧心安，同看日出

我 接 受

我接受太阳照亮月光
和它偶尔躲进云层的羞涩
我接受风吹进沙尘
扬起漫天离散的乌云
我接受大雨冲破最低的设防
掩盖水平线上的真相
我接受船只丢失了航线
用信念去际遇那盏启明灯

我接受爱的诽谤与嫉妒
和它撒下的贪婪与谎言
我接受这个世界的安静
和它偶然喧哗纷争的样子
我接受一切的恶意和善良
仍怀上感恩之心去原谅

我接受生命原本的拥有
和时间给予大地的考量
我接受所有的怀疑与愤懑
及人生残缺或完美的部分
我接受筵席的离散
却相信聚首会到来
我接受旅程来去匆匆
这就是自然生活的始终

我接受初生婴儿在啼哭
和身边成人喜悦的微笑
我接受耄耋老人的离去
和悲在祝福里的深沉
我接受蝴蝶飞过仰慕它的叶
与它振动翅膀落下的和风
我接受生命赐予的一切
无论它欢喜抑或忧愁

我接受无常的变化
和信念的永恒
我接受记忆在梦中实现
真理会撕掉褪色的流言
我接受晨露润泽花朵

在有限生命里开出无垠的浩瀚

我接受所有

包括不完美的自我

仍勇敢地手握独立完整的生命

选择在恬淡从容中走过

……

一 瞬 间

从来不会知道
一瞬间可以决定的，方向
就在戛然而止中
遗失微笑或悲伤

似乎已写好的结局
在每一个航程中，经历
备好最韧的风帆
亦无法释然命运在何方

若愿意
请将它遗忘
世间本无物，何曾又有我
花开几度烟云过往
词唱几阙诉人衷肠
从来不会知道

那是一瞬间，坠落人间
从此
凡尘缭绕，来来往往

平　庸

无法抓住岁月的痕
任它流走，匆匆

来不及醒觉童话的梦
单薄的肩
已担起生活种种

使命与善良存于心中
为忘却私念而装懂
莫问人生清欢何味
亦步亦趋
是世间枷锁的牢笼

唯留一片净土
在笔墨中开出花弄
缘何儿时盼长成
回不去的，终是平庸

初心在的地方

当我开始理解
你曾走过的孤独
寻觅在深夜里徘徊
为一丝希望追逐出路

无数次想弃而不弃
为信念坚持的灵魂

天地载你游刃
而感动我的不是认输

回不去的来路
别过不再憾当初
让尘土随风飘散
换上轻装就出发

初心在的地方
便是前途

匠 人 之 心

尝试诸多思，终择一而行
由始至末，如一贯之
那是近乎偏狂的执念
在四季迭替中如初

尽管去嘲笑吧
鸿鹄飞天燕雀安知
蛟龙入海鱼塘何止
不过是风过无痕
天崩地裂亦不入心
世界与之无关
孤独就是最好的陪伴
当专注就住那刻里
生命在目光中坚定

就让幸运眷顾你
去做一颗——匠人之心

将思考还给孤独

将思考还给孤独
用独立去际遇未知的路

无论它泥泞或险阻
当去向明了
前行就不再迷路

终会追随着心
任席卷大地之狂风来袭

只管坚定积极的信念
漫天尘霾随它飞扈

唯愿，守一份清幽
明净于心，映衬世事，了无

雨夜中前行

雨夜中前行
世界是一片倒影

走最熟悉的街道
在灯影下归去
悠扬伴着嘀嗒
从未跳出那旋律
在大雨飓风中
亦不出错的清晰

听一曲曲生动
舞起心间那娉婷

是深夜的归人
听着曾听过的歌

在雨夜中前行

前行不停

世界是一片倒影

遇见 · 阳光

大自然给予了花枝
在不同的人生里绽放

它是千万朵云彩被揉碎
幻成雨露落下的滋养

四季轮换着缤纷盛装
而我只取一枝为它鼓掌
优游卒岁何尝不好

放下自己
抬头遇见的，正是阳光

看　　客

昔日的浮华
如冬日之残荷
盛放在
夏季画诗话

幽幽青山入心
拾得一身淡雅
换碧玉嫣然
唯在天心处生花

世间最美在天成
任万物皆自由
而我只是一介看客
随意它繁花似锦
周而复始

为明天为你

再暖一杯，热茶

晴　　天

沉默漫过天边的云
坠落的晚霞淡过风轻

读一本厚重的书
在扉页写上留言

待时光流逝
忘却生命有涯
不及那沉重的变迁
何不量力而为
弃它繁杂的疑嫌
只为单纯的美

读那愉悦的心灵
去际遇一片净土蓝天

我和我的世界

仍留一丝尊重

来呵护的，心之周全

醒来，自是晴天

回　乡

用一双发现美的眼睛
回眸列车上路过的夕阳

如果灵魂有故乡
就让它在大自然里盛放

在随处可见的原野、稻田
种植着最美好的过往

将那些阴雨绵绵
幻化成雨露，将爱滋养

人生一路风景转瞬
而用心捕捉的美，
终会，留驻心上

随岁月褪去

随岁月褪去的
不只是羞红的眼睛
曾为一句关切的心动
如风过无声留下
掠走后的轻盈

世故为我穿上分明
做一个现实的样子
伪装忘记灵魂的声音
乡间的路弯曲
在雨后徒步前行
那是还未铺就的柏油
和着雨水眺望前路
得到的是便捷
失去的是大地的气息

随岁月褪去的

不只是道路的泥泞
消散终是生命的延续
当下不过一片
历史的缩影
若问从此
不如一声承诺
任岁月蹉跎，云淡风轻

坚　　定

速写凌乱的线条
去勾勒心间那一抹静谧

能去描绘的时间不多
若能刻画出梦想的样子

拾级而上坚若磐石
远近疏密错落有序
看似无路却有路
到达的彼岸是温暖如昔

将宁然住在心底
用曾不可怀疑的预言
去撼动冷若冰霜的世界

走一条坚定的心路
任繁花开遍山野

在浓郁的夏日里争艳

不必逗留采摘来保存
鲜花自会相继开放

而每一步前行
珍惜！是信念！坚定不移

开一扇心窗

在黑夜中鸣唱
突破内心的声响
将未了的张力
描绘成最初的模样

我无法感动繁星
在苍穹里为爱发光

埋藏于最深处的秘密
却会在黑暗中闪亮

从不问世事去留
任它们随风，来或往
看劲风透过玻璃的影
为自己开一扇心窗

吹走一切吧
包括黑夜的迷惘

待明日，黎明破晓
轩窗前，正是好时光

画月·中秋

在入梦处幸福
莫问沉醉的归路

人生顺遂何曾多见
月是中秋
却躲雨中不见出

行走人海江湖
肝胆相照不问赢输
那一刻倾囊相助
为脱离俗世
得心间一片净土

生来独自行路
又何惧风雨坎途
当岁月恩予同行

幸它在心之深处

月亮中秋
画，一幅最美的圆弧

感恩·一切

感恩生命的给予
关于阳光、温暖和爱

感恩雨露的滋养
在成长中坚定着未来

感恩责任带来的抉择
每一步都是最好的安排

感恩理解为沟通架了桥
在每一份交换中欣然应该

感恩心灵深处自由自在
言语与微笑也焕发出光彩

感恩过去所有的际遇

历史会为现在成就未来

感恩亲人和所有的相爱
将爱铺垫，春天竞相盛开

感恩，一切
包括所有的逝去和不在

那么多苦难和尘埃
再回望星空依然璀璨
于黑夜来临时
诉说感恩它，正存在

但，天亮了——
又是一个，全新的未来

不灭之光与帆

当孤独的海浪
吞噬了宁静的风帆

远航的船只，褪去
汩汩流淌的激流

灯塔依然矗立
在不近不远处留守

我依然是你可见
不灭的航标
莹亮光芒而温暖
看往来匆匆频繁
一次次邂逅又往返
为每一个目的地
它们或小巧或伟岸

不问，何时，再归还

唯在那一瞬间
为相遇，指引
为继续前行而心宽

这便是，那一抹
彩虹袭来，落入你
心底
不灭的光，和风帆

诗·悟/　　第二辑

若生命载我远去

若生命载我远去
请不要悲泣伤心

落日终会散淡
却在另一端折现晨曦

有些触动灵魂的遗憾
并不是我未完的结局
眷恋任时光在流淌
我亦将欲言止于心底
觉知到孤独的海浪
正吞噬大地
被湮没的红尘中
幸有过你

这一刻，真想苟活于世

看初生的芽如何去长成

陪一段更长的路

来自于我生命的延续

青　衣

人生如戏曲
愿你做生命中的青衣
没有繁杂的做念
青褶子素雅
蟒和宫衣亦染上不变的花

青罗为之念韵白
惜虞姬刎剑下
唤西施醒浣纱
行走小小步
稳稳定坐弄弦索
唱尽人生的悲欢离合

在被限制的
时空里
去演绎你生命中——

那一幕

最重要的角色

行　　走

在语言的孤独中行走
海水柔软似睡床

沉默深处有灵魂涌动
夜幕里灯光如昼
越过浮华觅一丝静幽

或许在多年以后
往事空如止水
不再奔流

却有一段文字
曾在维港边停停走走

无须读懂却又懂

只是一叶扁舟轻帆

从眼前，溜进了心头

少有人走的路

没时间孤独
宁愿在原地里起舞

任心间的雪花零落
去际遇彩虹般的弧

一切都不再纷争
任凭时间给它出路

被理解的成为过往
为心之所向踏上征途

走一条少有人走的路
去到哪里都不迷糊

遗世独立又何所惧
不过百年回合

尘埃落尽繁华别离
一叶扁舟轻帆卷

留下，若涟漪
随之淡去，了无

照亮生命的地方

在月色中归来
仰望苍穹冲破尘霾的光亮

彷徨是迷失本能的铺垫
去包容万物，正好
当孤独战胜了恐惧
将自己藏在心底却未央

奔跑在夜幕下的灵魂
再去仰望苍穹的月光

这一夜，它正圆
在瞬间的秘密里
早已将全部的心思点亮

这便是
照亮——生命的地方

当生活将重任交予你

当生活将重任交予你
那一定是上天的偏爱

稻穗压弯了脊梁
才是硕果累累
雄鹰冲出了云层
方享自由之外
尔威兹加树最慢
终耐心得沙漠关怀
涓流不争自然
才绕山避石灌溉

若说人生意义何有
那一定是负重而前行
最深的总是人心
最广的不过胸怀

当行囊接纳所有的色彩
想描绘的模样随意
即是这一生

你我，取之不尽的素材

最美的结局

不再多一句言语
时间的长河流逝湍急

永恒是定格的诅咒
那幕幕骇浪般涌起

卷过天外的密云
将最美的时光留驻心底

如此随意你去来
而我正书写着它的印记
就让潮落，留在静谧里
待别离的汽笛鸣响
顿失过往云烟般遗忘
来拯救吧！逆流而上的
疯狂！信仰！

再唤起潮起的秘密

后来书写

一个最美的结局

不必去争辩

不必去争辩
为时光载去褪色的流言

若生活在破碎中艰难
信念和勇气会护你周全

落日散淡藏入云层
黑幕重重压低了臂弯
放眼去眺望星月吧
即使羸弱微光
依然足够点亮生命之弦
和一首最美的韵律
让温暖响彻将来和今天

不再争辩，人生苦旅
以为再多的明天
偶尔，不过就在方寸之间

若时光在孩童

若时光载我回去孩童
我在泥巴地里摔跤

抬头遇见满墙的月季
清淡的花香在微笑

你依然严厉也温柔
手拿一朵栀子花
悄悄地来到我身后

我愿忘却所有的发生
只为那一幕停留

在那般孩童时候
世界上你最大
而我

那时富足，却等候
而今
知足予我，正拥有

自　由

我将在狂风中
接受不解的嘲笑

任它要挟怒吼的声
欲斩断初枝丫条

悠悠于尘世中行走
携每一片云朵涌动
聚散变幻随意
唯沉淀深处清幽

纵使世界掀起巨浪
岿然不动，是心

于每个日出日落
给片刻时间，自由

自　　如

沉醉疯癫偶入迷途

劲风吹散流云

划过天际的弧度

任咆哮盖过乐音

心未随之起舞

绝地逢生遍野

自是流年恰好的复苏

往日不再回顾

西施范蠡乘舟归去

顾曲周郎赤壁怀古

世人皆羡鱼得水欢

而鱼入水，恰是

为生命，冷暖自如

孤独的唤醒

用诸多俗务忙碌生命
以为会忘却自我
和灵魂
不用再去思考
停留、懂得
可在时间的缝隙处
总会留一些
突如其来的
——空白

那些时间，就如此刻
它让孤独去到极致

在大千世界
遗忘了自己
却唤醒

一个独特而美丽
带有一丝忧伤的灵魂

云 淡 风 轻

岁月给予深厚的曾经
而我，只想在此刻
——轻装前行

生命本无意义
当欲望占据了灵魂
会撒下天大的谎
给生活一个无力还击

世间无数相似的故事
若沉沉浮浮才是结局

不如在这漫漫长河中
遗忘沧海一粟的自己

但若生命赋有意义

就将爱与祝福全部给予

为逝去的一切，为你
唯换取片片，云淡风轻

待　老　去

待老去
请为我点一炷香

待我老去
离开这世间
请为我燃一炷香

看它袅袅姿态
在轻盈间恒而变化
观它徐徐深浅
在扰得中去又淡来
念它在闭目后的姿态
闻它前或尾的心怀
芄芄如桂枝挂月翘待

待我老去

请你为我点一炷香

燃起燃灭
这生命中最重的承诺
在心中点点化开

这般静穆如此
沉湎如最初的那面
所为人称道的
归于尘土而散开
与天地

回到从前
去来

最美的时光

停下来去回望
走过的路不问易难
若美好深藏心中
就将苦痛全部遗忘

日子总是匆忙
难免在宁然里惊慌

时间的水流载走经年
再也回不去那地方

就将脚下的路走遍
在坚定中为爱鼓掌

接下来——
去前行

带上微笑

心在，每一刻
都是——最美的时光

终　　点

在有温度的世界里生存
是冷过冰点后的希冀

人生予我淋漓的雨
在浇透我身心后清醒

莫弹残琴燥过静谧
趁流年在生命中延续
许一个阳光的清晨
学会张开羽翼，去飞行

纵使曲解若背后风雨
质疑亦不可迷惘纯澈如心

我知前路茫然险阻
明晰是终点；始终，坚定

专　　注

投入一种专注
去遗忘前一刻骄傲的背书

随笔尖走出心的领悟
去书写刚柔的线条
绘一条凌乱却幽静的路

许多的故事
总在沉默中认输

曾追随时光而行
任风雨摇曳湖面的平静
蜻蜓点水而过
是伴花开静谧的飞舞

下一刻，坚定还在
而梦想，一直就在旅途

别　过

别过不说再见
似风过清幽无痕

四季花开花谢
鹰击长空，待明说

守望终会飘过
至此不再问结果

谦卑埋头苦读
暮暮朝日有续多
虔诚相待不过
瓦解冰消一念间

若饮个中滋味
一丝苦涩入心

转头空，是蹉跎

人生偶一曲弹错
别过，不再任漂泊

恰到好处的心灵

风过海面而行
倒映一处云淡风轻
流连不使它忘却
问心深处是聆听

不再执语言中孤独
淡写轻描的画面
已撷取灵动的音符

那需要欢唱的曲
怎堪沉默错失意义

打开心灵，用善意
去解读世间万物

它们，一切——

如风拂海面

轻柔温暖，若懂得

正是恰到好处的心灵

心中住着一个太阳

心中住着一个太阳
照亮我心中的暖

燃春初知绿
沐夏识嫣红
落秋叶明黄
伴暖白入冬

它是篝火旁的舞
星空下点洒的光错

它是美酒偎在壁炉
盛装醉意乍醒不书

它是月光里的暖
黑夜点亮

它是四季谱写诗歌

雨露润泽

它是花

是美

是盛开着爱

是暖

是住在心中的——太阳

诗·情/　　　第三辑

生命开始的地方

我在花间驻足
你是藏在蕊间的雨露

焕发早间的芬芳
滋养脉络明晰而生长

我飞向风儿去
你在午后的阳光折射
透过净白的玻璃
摇曳在树影下是奇光

我经过那苍穹
你却是最明亮的星
闭上眼睛仍在回想
闪耀而无法抗拒的疯狂

曾以为时间伴过煮雨
浪花早遗忘汹涌如潮
却在静谧的午夜
透过天际在耳边回荡

啊！那是我的名字
那是你的声音

那是一生啊
生命刚刚开始的地方

在 此 之 前

爱的故事终将逝去
在此之前
我幸运感受着你
不在意世界
给予怎样的定义

即使那一天
站到人生的最顶端
也不是我追求的结局

趁世界还在
清晨的第一缕阳光
洒向你
有我在

生命之光终究渐弱

却永不会熄灭

你我终究离去
在此之前
先在百年的当下
让彼此相拥
一起，不弃不离

爱 的 样 子

或许，爱不是这个样子
在层层包裹下
露出一丝喜悦
或忧愁、激动
在担忧中害怕失去
任他由她却不甘心

或许，爱是这个样子
它是自然地发生
在安全的壁垒下滋养
在看得见的地方着色
你描绘的，是我读的懂
你在意的，是我看的重

然后，我在你那里
看见那个未曾发现的我

原来是由各种美好组成
在日积月累的成长后
一切变得更加美好
始料未及
而心间始终饱含笑意

爱的样子
就在这无声息的时光中
随它流淌，流露出光芒
点亮，我那阴郁生命里
整个的世界
为那曾迷惘的封闭
开启一扇，最美的心窗

无法描绘的美

我调和世间所有的色
亦无法描绘你的美

是那一抹微笑泛起羞红
淡扫蛾眉青黛着画
回头嫣然不忘的颜容

我识尽尘世浮华喧嚣
唯觅一处安静在你的眼眸
霓虹处愈加清晰可见
任轮廓游走在手腕处
就用我的画笔写下诗颂

噢！不是光带来明亮
是爱，印记了她，在我心中

那　时

是在荒漠里流过的甘泉
滴滴滋养干涸的土壤

是在原野中经过的麋鹿
慌乱中只差撞了个满怀

是在戈壁住的哈木哈木
卓卓盛开在炎暑的绝望中

是在黑夜唱响的悠扬
拨动琴弦遇见了故乡

那便是最初的模样
盈盈浅笑中去到的磁场

吹落蒲公英倒披的羽翼

将花盘留在心上

那便是，你我
将归宿的地方

路　　过

偶然从你的世界走过
带着敬意好奇
也曾执着

那时候我忘了我
过一种以为你喜欢的生活
到后来才知道
你爱吃咸盐而我偏爱糖果
即使放弃了它们
依然不是生活原本的洒脱

你有你的人生方向
而我有我的独木桥要过

世间有无数片相似的叶
我偏偏选上它

有何对错

只是历史长河中有你我
缩影如尘
又何必执着太多

你戒不掉的深度

眉黛变浅懒顾
无意间遭遇平湖

顺遂年轮到如今
生春遍野花开无数
等多久才开始的旅途
寓意在含苞待放
将璀璨走接下来的路

想取随意来详读
不料识得一枝罂粟

美妙，从此——
亦是你戒不掉的深度

最 美 的 诗

路堵中
我打开镜子
看见——

一双眼睛
清澈、纯粹
笑成了诗

噢，原来
这就是，生活
最美的——样子

清　高

我们都很清高，但最终
学会了珍惜，懂得了
把美好保护和珍藏

这或许也是一件
上天让我们遇见
希望我们学会的事

当想到了对方，不再是
冷淡与矜持，而是
温暖和希望

我们陪伴着走一段路
就像从来不曾孤独
那是血溶于水般至亲

不同的是，这段路一开始
就不说再见
只看世界将爱分享
直到生命殆尽
随之去到灵魂的故乡

我们仍然很清高
是爱，终究把一切都原谅

为　你

你低头羞红的腮
染透天边最美的云彩
一朵朵织成衣衫
恋恋风尘为你徘徊

你不经意的笑声
奏响风过林的乐音
和着鸟儿们的歌唱
繁花漫随，浅浅盛开

你不语在沉思里
世界为之安静等待
偶然拂过轻点的风
回望，幸福直到未来

而我

早已拥抱岁月

一直默默，都在

只为你而喝彩

一切终将逝去

一切终将逝去

院子里爽朗的笑声

爬上藤架垂吊的葡萄

知了不停歇的伴奏

奶奶大声喊着我的名字

"快回家吃饭啦！西子——"

一切终将逝去

宴席上推杯换盏欢愉

月光下紧紧相随的孤影

走过天桥遇见的流浪汉

他唱着，浑厚的低音

"流浪的人啊！天涯，家——"

一切终将逝去

最爱的人和最真的心

欢喜流连的或厌恶不喜

目光在岁月深处觊觎

看到时光的河流

流过年轮的痕迹，印刻着

"一切终将逝去——"

包括，此时此刻——

写诗的我和正读诗的你——

苏黎世随笔

我不知道未来的样子
从来也不曾去打探
但我始终相信
它会为美好而来
为坚持梦想的人把花盛开
为一颗坚定的心
去洗礼尘世的污垢
为爱的力量
去化解伪装的冷漠
为共鸣的灵魂
去创造奇迹的未来

我相信你
一定会成为一个
你最理想成为的人，
得到温暖的爱

拥有理解你的灵魂
哪怕到达最深层
亦有共鸣的赞赏
而我，却在此刻——
在离你很遥远的地方
感受到对你的认同与理解
当独自那一刻在异国他乡
我与我对话，就好像
留在故土的那个人
是另一个灵魂本身
而跟随我的，又是不是
一个真实独立完整的我

不如，
停下来，认识你自己

最合适的时候

心是阳光的猎手
捕捉着清晨

相伴那微微和风
骤雨初歇在天际
折射过白色调
勾勒出心间的彩虹

花香、泥土
脚印藏在了身后

如瀑布般的爱
瞬间倾泻却欲说还休

如若那是孩童
乡间的小路清幽

时光在不停止地倒流

而故事，正好停在——

生命最合适的时候

陪你走多久

还要陪你走多久
时间的隧道
忘记了尽头
但我知道老去那天
你终会握着我的手

生来孤独如你我
却在人来人往中邂逅
怀着无比的憧憬
去期待一个爱的春秋

失声的琴弦拨动了无衷
总在别人的故事里游走
温热的咖啡苦味犹存
抬头的瞬间再不忘
一眼，入心的

你的眼眸

任时光流逝去吧
还要陪你走的
只是从清晨到日暮
一个个，春夏秋冬

幸会你，近在咫尺

平凡的光阴
挡住流年任消逝
生命的河流，依然
奔腾不止

滤过岁月的痕
忘却了风雨
遗失过旗帜
但信念，始终坚持

问花开是否富贵
问水到是否渠成
一切顺遂随意
笔墨酣畅自在则止

山岚不可阻挡去路
泥泞不堪忍受孤独

如果存在的答案已知
任凭它在当下处置

待回首，天涯明月
幸会你，近在咫尺

画一个满圆

在不久后的那天
你会发现，皱纹
爬上了你额间

岁月带来
沉淀后这，容颜

而身体的轻盈仍在
举手投足间流露着
灵魂的，丰满

在阙阙身韵里回旋
在片片叶落后心安

年轮碾压过身躯的青春
而心之热情从未变换

若闭幕前掌声雷动

那一定是有你，在身边

于是，生命于苦难开始
只待，逆转来得更猛烈

为最美好的故事
停下，画一整个，满圆

读

用一颗年轻的心
去读你那，苍老的灵魂

随岁月而来已深邃
是千年后重逢的今朝

响彻天际你爽朗
却流连尘世一片喧嚣

花开无数馥郁匆忙
唯走向纯澈，不再倾倒

余下有时光荏苒
前行之漫不再重要
生命予你际遇满园
怎可舍去呢

藏不住

心间，淡淡喜悦

灵魂深处，自然是微笑

美 梦 成 真

是不经意间步入的红尘
阻挡来路时强烈空遁

如初生赤裸般单纯
任由世界造一个新生
沉入海，若灵魂深邃
攀上峰，似心念至真
遇见，生命的一切美好
就在那一刻，达成

啼哭带来了生命
微笑温暖世界如春
垂暮的目光落在坚定
初吻是时光诠释的清晨

花开四季分明

却怒放在心间不败

一切终会过去

唯爱与希望，美梦成真

诗·奇／　　　第四辑

文字的世界

投入一种专注
唯有在文字里
开出轻盈妙曼的花
在其中
寻得关于安宁与静谧
去倾听、去探索
发现真实勇敢的存在

在心的世界里
所笼罩起来的壁垒
干净且纯粹
就如漫山遍野的蒲公英
随风而去时的淡然
不问在哪，无论在哪
都是一粒种子
将破土而生的天涯

于是我亲爱的

亲爱的自己

一直没有放弃的

就是灵魂安住的家

会令平和陪伴左右

会让清澈滋润双眼

会使美好不曾离开

会把关爱留在身旁

会将愉悦永存心间

就让所有去单纯地感悟

关于积极正面

和有关光明的一切

去聚集

属于彩虹般魅力的甘甜

那就是它带来的

可以驾驭的——

关于文字和释放的世界

行走在佛罗伦萨

捕捉但丁环流的气息
在狭长的小径边
似已嗅到
关于理性与柔软的心灵

踩踏石路跌宕的沉浮
在斑驳的包浆中
已然遇见沉淀千年
与历史的风化

感受大卫伫立的鲜活
在高耸的挺拔后
不尽赞叹回味塑者
与匠心的传说

一斧一凿

专注执着的深邃
一瓦一砾
严谨完美的谐和

是爱是意志、是诉说
是震撼、是透彻
是响彻灵魂的
洗礼与洒脱

桀骜·平凡

桀骜的骨子里
充斥着激励的细胞因子
看似你我
却随着岁月沉淀过的浮尘
变得厚实
不再随风吹就飞沙
因落雨就轻轻溜滑
就开始去了解淡淡的味
亦如平凡

除了自我
无他者再关心自我
被以为独特的存在
那也只是造物主
在一瞬间给出的回答

这般，便静静幽然可好
随心地独自去行走
在密林的山岚后
透过叠嶂的叶落
随风飞舞起来的小生灵
在斑驳的阳光里尽情自由

众木也发出区别的声响，
而我，该是多么不好的那一棵
有着笔直的杆丰裕的枝丫
却扎根伸延最远的距离

而我，又该是多美好的那一棵，
恪守在密林的原地
绿荫了身边
整个鸟语花香的四季

于是，且将遂意
放在手握的每一分秒里
它委与正念去惊觉
平和与从容
就会在心中散淡
弥漫出醉人的

独特意味

开出，沁人心脾的花

觉知 · 童年

我觉知到你
在我没历经过你的童年
为赶上最后一幕烟火
将懂事与乖巧放前面

渡浅水朴质芦苇丛
采湖畔本真香蒲草
截逆流之鱼
拦幕下夜光

我安静地看你
旁若无人地专注于
那些个孩子的喜欢
从心里到手中
是件件，我羡的玩具

我一直在看你
你只顾其中忧乐
这孩子般的好奇
从眼睛到心底
渐渐去读懂
你未诠释的秘密

你在
你的童年世界里精彩
而我
在你深深依恋的心中
觉知，永恒

眼睛·秘密

透过叠嶂的密林寻你
不敢让你看我的眼睛

怕被你看穿
我从千里之外
渡过浅水倒映的石林

历经石板铺成的栈道
邂逅风雨空灵的作品
一直觅到路的尽头
只为感受你
一泻千里的激情

在——
流动的澎湃中奔腾
在——

磅礴的气势里壮观
在——
我的眼睛里，读懂
对你美丽而眷念的
秘密

那 束 光

当我在璀璨的星空下
读懂那一丝苦涩
我又遇见了你
直击心灵的那束光

它用最聚焦的力量
穿透无尽的黑暗
点亮有边界的心房

纵使漆黑属于夜晚
它仍在抗争啊
这一束，直射的光芒

我路过夜空的月
是秋赐予的金黄
仍然闻见那一丝花香

是勿忘我最好的模样

只是
在偶然间开启一扇门
迈进来，走过去
猛然发现，依然未曾遗忘

当那丝苦涩来袭
在生命里
点亮那个角落的，光

月亮不会发光

月亮不会发光

太阳却赋予它光芒

船只不肯航行

风帆却赠予它力量

落叶不愿眷恋

流水却拥抱它走远

生命不爱孤独

影子却一路随行他乡

那些被风吹动的爬山虎

层叠如水波漾漾

在黄昏和煦的温度里

把时光的过错全部原谅

站在桥上看风景的人

远远地注视

那些秀丽笔下的

生动而清爽

一如夜空会沉寂

黎明却将它唤醒

仿佛世界不会变幻

云层却洒下了无数的雨滴

在这颗颗剔透的晶莹里

却倒映出

一种生命的意义

工　具

我看到空中飘飞的笔画
在幽黑的夜里荧着光

它们独立崇高或低俗龌龊
会聚成一个个
词不达意的性格
再由一个执杖者
将它们合组鞭策

这就是它们的归属
在想陈述抑或激扬的生命里
无论是高贵或者低贱
都被运用在——
那被称作"工具"的模式中

我　　们

我们
只是风落定的沙
偶尔跌落蚌腹
成全了珍珠的刹那

我们
只是落雨后的笋
忘了生长的势
却在滋养中抽节出芽

我们
只是粟立于沧海
毫在九牛身
星夜躲起的云层
一切来不及的表达

那就让破浪般的勇
去考验共帆的远航
在生命的旅程中
探寻究竟和方向

用共同的努力，走进
你我心里，最真善美的
梦想、爱与希望

珍　惜

如果心中骤然飘雪
幸得太阳照亮月明

快乐总是感知短暂
而时光
会带来记忆的回暖

我知道那一刻会离去
只为再次更好地回来
如果飞行远离地平线
下一个航程才是起点

我想我不会再眺望
就安住在这刻的静谧里
一首曲反复地听
在循环中觉知它的韵

那就让目光更加坚定
如欣赏着美好似孤品
在心间通融的那一刹那
突然读懂了生命
对正在拥有的，珍惜

不　愿　醒

梦还未褪去
思绪仍在梁间软语
谁用色彩调和了斑斓?
为沉睡的天使绘出梦境

不愿醒不愿醒
微暖的醉意刚刚升起
何理它重复的闹铃

不愿醒不愿醒
月光流连于山谷
星星还留宿在清溪

不愿醒不愿醒
故事才开始启程
结局未来得及梳理

推开门
啊！漫天飞舞的雪花

惊艳了心！
仿佛皑皑
在白头中
会度过一整个世纪

与 自 然

虔诚
等待
与自然融为一体
看
经过来路时宁然
念
飞起归途时散澹

来亦不喜，去之无悲
若非尘烟浮于世间
何为前世今生修炼

造物给予纷繁样貌
终待一颗执着知心

越过谎言去拥抱

澄澈明净

与之，清透共鸣

笃 心

在天边际遇闲云
孑立飘然映入我心
无法为一丝停留
随风而逝落夕阳里

不惜它远去
沉寂黑夜后是天明
不截它散淡
弥漫硝烟再会清溪

不憾它决然
卷舒天外原本无我
不问它前程
满庭芬芳终有归期

何似映画又圆月

不过风转百年回和
周而严寒隆冬复春
一切有形或无意
皮囊化灰空有
唯深至处思定笃心

等 风 来

等风来的路上
遇见了云彩
于是忘了等风来

待花开的季节
邂逅了宝藏
于是忘却花开

仆仆风尘焦灼
为花园上一把心锁

殊不知
喧嚣在世界的纷繁中
正是浪费生命
若风拂过
蹉跎

境

鸡鸭在垃圾堆里觅食
我将昨天的残羹倒进垃圾桶
垃圾堆积如山高
再用大脑改装它的外貌

高山挺着秀丽的身姿
我将远处的风景写进诗歌里
烂漫山野映蝶舞
微风拂过无数烟火随流

佳肴伴美酒醉过夕阳
我在吃剩的骨头中看到狂妄
似乎它早已归属
那遇见鸡鸭觅食的地方

四季迭在周而复始地

只看到鸟飞花树萦绕生机
这一派祥和之气
哪还有什么鸡鸭觅食的景象
我看到了你，挺拔或秀丽
只要能躲过垃圾山的那股气息

远　方

远方
不是快乐的原点
若心存温暖如冬日火把
即使严寒
也无法浇灭愉悦

远方
不是诗意的源泉
若爱驻心间于细微处品味
即使足不出户
亦有光亮萦绕身边

远方
不是梦想的终点
若当下的正念被行动觉知
即使再伟大的创造

终将——实现。

远方——
在远方
更，在心间

备 好 狂 欢

世界不会因
目流多泪而清澈
日月亦不因
眷恋彼此而停留

生命中从没有
如果的结果
繁花盛开的那刻
芬芳了灵魂

当梦想
愈加清晰明了在心间
雨露就恰到好处
润泽了小苗

不可再奢求

给到的更多好
当下这一秒
就是生命的馈赠

若觉知到时间
总在指缝间走散
回头看
一切执着
何不是枉然

不如给心灵备好
早晚，抵达的狂欢

无　　形

从有形至无形
何止在朝夕之间

苍穹之上辽远
怎知尘埃扣心弦？
那是你仰望明月
也无法企及的昨天

唯沉寂在静谧深处
默默坚守无语

于笔尖清幽划过纸笺
落下翩翩
随意的韵言

诗·书/　　　第五辑

我读过你的诗

我读过你的诗
不想错过每一个字
平仄顿挫的节奏里
流动着你的音符
呼吸间感动了全部

那是诗篇里的画作
峻岭如虹或清幽似风

我读过你的诗
那乐音奏响的旋律
起伏悠扬着翩翩舞

我读过你的诗
如往昔一读再读

专注沉淀思索有无
彩绘弯弓拉上满月
射走天狼星之路

风将带去那尘霾
唯留下心中
这篇，纯净的风度

发　　现

可不是生活不美
只是偶尔忘了
去发现美的心灵
当你与它们对话
就会发现它们不是"它们"
而是"他们"——
会说话的万物之灵。

在取舍、在决定
在繁多的花枝叶落间
只需要选择和确立
你手中拿起的那一朵
他就会和你心所念,
产生共鸣
用你的感觉和心的语言
去展现具象的物——那不是物

只是托物言志的诉求

有一些沟通
他不需问话，亦不求解答
他存在着
无论他以何种形式、生命状态
只要他遇见你
你就会信手拈来
自然间成为彼此的默契
与平衡的共通

不是我展现了他们，
而是，因为他们
在诠释我正在做着的梦

我 知 道 你

我知道你一直会书写下去
在如此状态中
补给丰富的内心养分
用灵魂的礼赞
去赏识大千世界的富饶
无须顾虑，亦至智而愚

我知道你一直会坚持下去
在用独特的语言
组成那种与之共鸣的表达
不再赘言，也至浅清溪

我知道你一直会安在下去
在得失中拥有
收放的力量
汇聚成生命的意义

不问来去，也至善至明

我知道你，从开始到如今
从不曾怀疑，这意义

秋 · 思

蜿蜒曲折

在岁月中洗礼

薄雾弥漫

叶落无声蹉跎

水深仙境

一户人家坐落

澄碧姹紫

其间点刹绿松

树静风吹

止不住心磅礴

粉黛净荷

雨滴漾开生动

素秋千顷

不甚阳洒光波

道短且长

生命何尝不是
回头淡看之
经过

告　白

无行的舞

飘落在砚台里

纵使虚实相生

抑或疏密得益

点画意到随笔

从无形到有意

纵使行云般贯气着力

亦流水潺潺

或激昂涌起

纵使

用尽所有的空隙

在微风拂过面颊的

夜里

依然无法写成这一句

我爱你

别

慢慢读懂人生的厚重
是在一次次珍重与诀别中

陨落的星璀璨了过往
点点散开在心间隐痛
不深不浅那些岁月
在最后一秒，被你触动

沉默并非无言，若可以
仍愿在另一星球重逢

别怕，灯已照亮前路
别怕，风已载走孤独
别怕，路已逝去苦痛
别怕，雨已幻化成虹

无法自拔不经的流年

唯在心中

道一声珍重

珍重

释　怀

若有无可释怀
就让它停留在黎明前的梦里

若今天有别于昨日
那是往不咎的豁然
若未来不懂憧憬
可否
认真度过这秒再行?

终有一条信仰之心路
从阴暗角落直至阳关

走吧，走吧
不再追问往日为何荏苒
花开花落不过四季循环

此去经年悲喜随意
总得阳光洒落在今朝

若伊始需作别往昔
那就让所有
都随风而飘散

唯坚定，此刻与未来
真诚地去生活，珍爱
再，释怀

起舞月光下

起舞月光下
不见你美丽的容颜
只消瞥一眼身影
就如拈来花开翩翩

灵动的不是舞姿
是盛开在心中的画卷

是爱流动在咫尺
是暗涌驻在岁月里沉淀
是回音响彻生命的流年
是元宵夜空灿若烟火闪亮
是仰望清风明月
挥笔洒下的月圆

弹　琴

拂去琴键上的尘
奏起最熟悉的乐音

已不记得许多的旋律
唯有一首，随指尖谱成曲
吻合了呼吸的频率
成什么样的一种专心

不许你我思想飘离
怕它在一瞬间走了音
于是流连在琴声里
不让它随风飘忽不定

在高低起伏中任他变化
却稳稳地落在对的音域
恰如初识，在黑白中练习
直到最终会成自难忘的记忆

氧气于呼吸的意义

别问书写了什么
我只是想截住那片流云
将它凝固在时光里
待闲暇的时候
再随它一起放飞思绪

只是
写下这刻的真实
这份独特的语言，让我感知

生活中除了寻常
还有，我的文字

在我觉知到生命的每一刻
忧郁感动，或愉悦欢乐
它带着对生命爱戴的使命

无论卑微高贵、温暖

与我同行，随地随心

它是这般坚定地契合在灵魂

会因他人的故事涟漪

因世界的纷繁而赞赏生命

或在岁月中穿梭着，回味曾经

如果生命一定要有意义

那么它，是不可或缺的其一

如同我生活在宇宙里呼吸

却从未刻意地去寻找

如同氧气，对于呼吸的意义

月

尘霾终究散去
清风拂过漂泊如衣
今夜的月光明晰
倒映桥下，伴着小溪
随波，微微漾起

天底下有无数条河流
都盛装着你的影

你却独立高挂天际
淡若分明
诠释了唯一

黑暗觊觎你的光辉
褒贬漫随天意
你依然留下闪亮

给了黑夜
醉美的眼睛

你可以不答

我问了你
你可以不答
在灵魂深处那隅
不一定非要对话

曲高总是和寡
高山流水终在天涯

看世间
追逐蜗角虚名
转眼蝇头微利
一番笑话

深入其中不拔
匆匆行客
不过，一瞬昙花

我问了自己

你可以不答

心　　路

做一个心灵的猎手
去捕捉森林的追逐

骤雨蒙蔽你的双眼
不如追随一条心路

狂风席卷大地轮回
弦音掠过惊弓之舞

纵使烈火焚烧寂静
怎敌雁回大地如初

何不拉上满弓之剑
射中一颗璀璨孤独

大自然的专心

当地衣还在沉睡
晨曦还未苏醒
微风已送来了春熙

任花蕊点洒它随意
落在大地山岚
坠入江海湖溪
随风飘离
闯入一片秘境
住进心的花园里

阳光穿透叶绿的影
清溪载走波光粼粼
脚步更轻盈贴近
听见心灵呼吸的声音

密林之中走过
幽深里际遇红屋顶
跳跃出松鼠般机灵
在初阳下欢喜寂静

待回程
幸会心的主人
正阅读着
大自然的专心

养　分

停不下的执笔
是恰好的养分
若生命需一刻幽静
它就是最契合的灵魂

不歌颂亦不赞叹
一切与功名何关

只是如清晨饮水
将养分补给
润泽心肺

让黑夜作别幻梦
用真诚
去迎接每一个
心的年轮

知 心 惜

忆起
曲水流觞成偶佳句
对话间
已成悠扬的曲

平仄格律别具
若蝶飞花间
伴音符走高低

内心深处的声
自是与之共鸣的旋律
春风带来清欢
山顶流动纯澈的青云

看它聚散离合随意
人生乐趣
贵在知心相惜

无　恙

流星不曾回顾
陨落的方向
用一瞬间
度却了生命之光

是谁
许给了它愿望
用激情碰撞着岁月
漫长

是生活
还没逃脱的网

每一个日出东方
就让时光
在流年里歌唱

春风无法载走尘烟

宛看流星

落成磐石

却无恙

诗·花/　　　第六辑

独　　奏

时间会迟暮你的容颜
但无法苍老灵动的指尖

那是你未曾听过的独奏
历经岁月悠悠沉淀
在生命最热烈处
谱出和弦

当旋律游刃于黑白之间
高山峻岭难却逾越
细流涓涓清幽缠绵

一别似在两重天
心念眷顾
终有再聚的月圆

何故世人惜叹梁祝
只因心底最深处的匪浅
看世间繁花开尽浮华
骤然回看
真情之外，尽是云烟

故　乡

花有淡淡的忧伤
被风吹落一地迷茫
水流潺湲清澈
在缓慢中记住时光

黑夜的眼被月点亮
心房穿上刚做的裳
回程之路漫漫
心却坚定所往

密林深处的孤独
会有太阳去陪伴
而每当星空封锁成惘
又在心中依恋你那
贫瘠也富裕的故乡

在遥远，亦在身旁

我在晨曦中解读光的秘密

我在晨曦中解读光的秘密
它把疑问留在了昨日
将希望都播种在四月里

它放下执着的缺憾
送来当下起舞的初春
它抛弃了嫌隙
将理解的力量赠予你
它撤走恒星般的流言
洒下雨露，滋润着真谛

我在晨曦中解读光的秘密
它原谅我曾在平凡中颓废
将热情和自由注入我的心
它带来更多的积极
在依然平凡的时光里

不同的是

我在晨曦中发现光的秘密

是醒来，生命即是新的契机

我想把诗写在花瓣上

我想把诗
写在花瓣上
落雨的时候
它会和成串串笙歌

我想填词
放在清风里
风停的时候
落下来一朵朵珠句

我想起舞
踩在云朵间
忘却的时候
与他一起化作雨滴

我想把爱

画在我心间
需要的时候
它就正在生命里

且让百花去争艳

如果我可以说——不
那风走的时候
我是否可以化作空气
停止它流动的呼吸

如果我可以说——不
那云散的时节
我是否可以饱和过水汽
聚集微尘再次塑造你

如果我可以说——不
那日落西沉的时分
我是否可以甘当地平线
托起它最美的一瞬间

那么——

且让百花去争艳
我亦甘为泥土——朴素无华
藏在花低的脚下
被踩过无数次
也沉默不答

尽管繁星去夺目
我亦愿为黑夜——静寂从容
任星璨绽放身旁
被忽视的存在
也安然祝颂

任凭百舸争竞流
我亦但为江海——广阔厚望
观舟云涌起伏
看尽匆匆去来
也不改初衷

如果我可以说——不
且让百花去争艳
亦，无须任何作答

枯 叶 蝶

你不会发现她的美
因她不让你发现

你会去接近她
那是她允许的安全
她伪装成一片落叶
着上橙黄深褐的色彩
那是树叶的中脉
亦分不清的纹线
拟态的霉斑让你忽视
她，正存在

殊不知——
当她决定飞翔
张开背面的翅膀
是佩上绒锻般华艳！

白色斑点如星
黑蓝中闪闪泽光
金黄曲边宽斜绶带
波状花边镶嵌外缘

迁飞至山崖峭壁
栖息于阔叶林间
当太阳吻干露珠的润
去填补生命所需的氧
这一段最美的飞行
如何遇见
除非，命运的偶然

你终会发现，她的美
因懂得
别碰！她会飞——
除非，保护。

这落叶
她有真名——
枯叶蝶

秋·正好经过你

天空飞过风之影
落叶舞动尘土轻
阳光穿透叶脉黄
低温深处暖树荫

那一刻
踏过大地秋静
想闭上耳朵
将大自然留在声音里

那一刻
与万物融合
想关上心扉
把已照进的光亮封存

那一刻

风之影飞过天空
尘土轻动落叶舞
叶脉透黄穿光阳
树荫深处暖低温

那一刻
我，觉知到秋那一刻
秋，正好经过你

小镇的金香郁

心中有一个小镇
住着开满鲜花的芬芳

雨后的石板路湿滑
娉婷着翩翩长裙的她
调皮中绘成，笑的图画

淅沥声淹没了鸟鸣
它们躲在密林深处
银杏叶片黄澄欲滴
如藏进云层的太阳

噢，这可不是雨季
思绪他飞到哪儿
那儿才落雨

就在清晨烟青里

和蔼便会送来

白绿色调的，金香郁

遇·雨

软纱般的密雨飘落车窗
雨刷器左右忙乱不停
它尽责去刷洗
用它清扫的能力
阻挡，会湿润的眼睛

密雨依然纷落不语
那是雨刷器
亦无法冲掉的印记

何不就任它
飘上车窗驻留赏惜
飘散世界滋养大地

何不就由它
随风飘，飘啊

飘去山谷森林
飘洒花间草地
飘落潺湲冬野
飘进过目的风景

轻灵，零落间
已然，飘入我的心

没来得及画

没来得及画完的画
在心中已然勾勒出真情

是一瞥不经意的重笔
埋伏在底色暗处的珍惜

画有千般色泽
却匿于清幽处不语
开满嫣红的图面

画了春之花
画上心的话
画入冬微暖
画曾在年华中
遗忘的记忆

画没来得及

画完的它

和，世界的缩影

梯　田

生命的色彩
从心底流动到指尖
晨露倒映暖阳
绿扇下躲进红装
清秀山岚此起
那一段彼伏等待
菡萏从不曾沉睡
灵魂就契合在其中
时光怎舍离去?
烟雨还未漫过江南
羽翼直待出鞘之剑
那是岁月包容昨天
深沉如是初衷
希望，留给爱的——
梯田

告　诉

如果你想我，
就要告诉我——
月光沉寂在黑夜里
影子会伴着我度过
思念已在心间满溢
所剩的力气已不多

如果你爱我，
就要告诉我——
许愿给天际的流星
能否实现想要的生活
你有全世界的梦
而我只愿你梦中有我

如果你想我，
就要告诉我——

群山会传来爱的回音
大海会载走失落心情
人生之路向来崎岖
携手并肩才不怕蹉跎

啊——
如果你爱我，
就要告诉我——

我分明看到花开你心间
在花园播种快乐的是我
终有一天你将伴我走过
如果你想我
就要告诉我

画　　画

不盯着错误的地方
勇敢地画下去
只管带上真诚、敬意
认真面对它，继续

有过遗憾的执笔
但诚然接受它
一如
起笔时的坚定

而，最终呈现的——
定是一幅美妙的结局

盎　然

抽芽新绿
不惧尘霾
料峭风中
绽放独立

是大自然
着上的第一道色
这无穷变幻的生动带来
生命鲜活的欲滴

任百花去争艳
它担当底色衬托了你
任世界纷扰喧嚣
它甘为静谧沉淀倾听
任斑斓调和了天地
它归来

诠释了最初的意义

而她，正念当下
不偏不倚

年　年

找一个小镇
种满植物环绕着家
推开窗是芬芳
小径通幽不走车马

当四季又重来
看花开花谢变化
随云舒卷落霞

再陪你一起走遍
春秋冬夏

雨来，湿漉了大地
花枝来不及修剪
时光匆匆已到流年

若可留驻昨天
就开放心间的桃源
待明日，采撷随意

任时间虚度
却沐浴在春暖中
一年又一年

摄

捕捉到你的那一瞬
你刚好
从画中走来

靥笑之间动人心弦
光影洒下若影再现
妙肖之处自是娉婷
调和色彩起舞翩翩

这一刻
你走出画卷
为发现你的美
定格

为美妙
自成一幅婵娟

画　蝶

用明晰的线条去勾勒
无须色彩缀饰
早已斑斓

世间不因对称物而惊叹
当读你每一次绽放
生命
从此邂逅了春天

时光总在匆忙中
遗忘馈赠
而诺言
却在信念中记忆长存

有一天
轻盈袭来翩舞

它飞跃原野山谷溪流
越过孤独

将沉淀带给世界吧
它会安静了美的深度

勇敢地飞！飞去
是时候——
惊艳了繁花
每当停留
所到之处
留下，它的温度

前　　路

不必在意倾盆的雨
若归途是温润明晰
点亮黑夜的心灯
任车辙碾过泥泞
而前路，自会天清

倦意迷惘了思绪
唯清澈坚定着眼睛
将世界尽收眼底

那黑夜的咆哮
那黎明的迟缓
那烈日下的天地
——奇迹

相伴幸运

从天黑

一直坚守到

天明

任倾盆的雨

下不停

而前路，自会天清

来 自 未 名

我将岁月放进未名
她用独有的色彩
缤纷了心间的四季

若风起，有细雨来
静谧驻足在湖面等你

那一抹初见盎然
透过折射后的琉璃
在绚丽骄阳下澄清

越过涟漪来到秋意
她带来这抹金黄
在淡淡的清香里呼吸
再为这个世界，洗礼

于是，冬不再感叹
那期待，宁静至极
跨过屏障的自由
沉淀在她的色彩里

自然而然，在这个时间
为懂得，
来自未名，和她的
意义

久违 · 生花

久违，那一席席生花
盛开在彼岸
诉说你东方的神秘
有斩落隽语不灭的年华

流动在韵律里感受
自然予以世界的枝丫

当月色的橙红亮过天际
于谁心间盛开了诗画

收敛却恰到好处的契合
一抹娉婷摇曳
永驻是
那心间
最美好的生花

将欢喜埋进善意

将淡淡的欢喜
埋进心间的善意
任它生长着
在我幽静的土壤里

有那么一刻
对月色着了迷
晨起的时候
又放下了期许

生命在自然中沐浴
阳光、露珠和雨滴
我已来不及追逐
远远望见它来或去
唯在时光里，静候
终将到来的花期
将欢喜，埋进善意

诗·话/   第七辑

就让想象在这里开花

我说，
就让想象在这里开花吧
路过龙卷风袭来的激烈
在城市的一片夜幕里
将游荡的灵魂收编
这不是最美的花瓣
上面分明着四季的沧桑
雨滴落下曲折的痕
蝶舞吻过，丢弃了泪滴

我说，
就让想象在这里开花吧
那一刻静谧到极致
是乡野扑面送来
儿时疲惫后熟睡的自由
这终是最深的流连

它往返于时空之间
遗忘将记忆深刻烙印
我不能试图回忆
青葱的稻田，在那里
不忍唤醒

我说，
就让想象在这里开花吧
任他空降一片片
如雪花迷乱美丽的眼睛
清晰地，干净地
透过纯澈的冰面
追忆，火热释放的夏季
在心里，在你心里

你应该来这里画画

你应该来这里画画

画湖水清澈

对岸盛开的未名花

有澄蓝　黛粉

树深处星点着初放的芽

你应该来这里写写

写石鱼　翻尾

东丘承载的博雅塔

她安然　深邃

倩影里微扬着风起的沙

你应该来这里读读

读家国　天下

心中藏匿的那个家

去问他　阅她

平凡中沸腾出独特之华

你应该来这里吃吃
吃农园　燕南
味蕾享受的好时光
是生命　补给
烟火中咀嚼着人生如画

你应该来这里
或画或写或其他
静谧宁然是它的回答
你应该来这里画画
画东西　南北
画所有　入画
画每一处建筑环绕着花
画每一阶石木铺垫的路
画沉淀百年后
如她依然
最美的刹那

纳 兰 随 想

莫名感怀泪

一抹斜阳

红晕泛天

自是不问家士国

一厢情怀

陌上万千

最酒登高诸事忘

唯念容若

相识不晚

情同前身竺萝

不堪比

同狐貉侧帽

而不耻止于锡鬯

诗本性情

何必厚古薄今

随意感受皆由己

从此澹泊自由心

霍比特小屋

密林深处的篝火
在雨后的泥土中绽放
星星躲进天宫
悠扬的旋律陪伴在耳旁

微风吹动不知名的花
生动似在栅栏里说话
停下你的脚步
看那错落在高低的月影里
一处处时光雕刻的家

等睡着了
梦里盛开繁星点点
静谧中美得
像正在画一幅
你最爱的童话

小　女　孩

喜欢你
像小熊吃到了蜜
亲近你
笑颜盈灵着了迷
拥抱你
暖暖的心思住一起
看着你
眼睛里写满了诗句

这就是心梦中的女孩
带来青草鲜绿般生动
脸捧羞涩似花
在澄蓝白朵的天
和开满紫莺粉蝶的地
都不理清风舞跳的调皮
也不睬鸟儿歌唱的动机

只顾保守着
花园深处的秘密

只到那一刻出现
在身边，在心底
已然种下
一朵朵
会盛开的鲜艳
和满满
将欢喜的结局

就这样的一个精灵

就这样的一个精灵
顽皮的时候令你蹙眉
暂别的时候令你失落
互动的时候令你忘忧
拥抱的时候令你温暖
就这样的一个精灵

它是赞赏
关于我如此一个平凡
它是惩罚
于我的一段成长补充
它更是永恒
在出现的那一瞬间，
便直至生命殒尽
至爱的牵挂的彼此的
在上帝的恩赐中存在

感受到，不息的灵魂
共一个时空
流淌在血脉里的交融
不用言语，早已生动
无论何时何地
哪管朝晨暮雪
日月星辰，自然而然
啊，就这样的
一直都在
就这样的，一个精灵啊

谧如失声的夜空

我看着书
里面写满你的名字
我燃起香
飘忽中会聚成你的样子
我闭上眼
你从黑暗深处款步走來
我伸出手
夜幕中有露珠滑落指头

于是，我合上书
忘记了哪一页在读
我扣好盒
任凭燃尽的白灰飞舞
我睁开眼
你一步步退回地平线
我想抓住

却截住一片云的孤独

我看到那个甜蜜的婴儿
举起柔软的小手挥动
咯咯的笑声透响
谧如失声的夜空
他自得怡然
全世界都与他无关
而他
正住在我的世界中

又见乡愁

我遇见零乱的光影
在河床的顶端舞动
那不规则的线条
在五彩的灯下缠绵

远处的孤帆来了又去
心中的明月缺而再圆
世间可羡嫦娥至美
奈何寒宫冷却孤心

时间之水流
度过山川，素裹大地
燃过银河，度却星空
深似海
浅如溪
度过中秋月明

度过生命始终

却度不过心头
那一抹
淡淡的，乡愁

又见，一个中秋

你　是　谁

那一次不经意瞥见
在风中展翅的轻盈
成为
永藏心底的定格画卷

你淡雅的气息
是轻扫蛾眉翠过的虞
你极度的雅致
是较比干多过一窍的媚
你回眸相对
在高雅落地的瞬间
繁花看尽怎会及你

你是谁,
是奢望的景

你是谁

是尔雅如你

你是谁

你就是你

心间的，秘密

世界的至美

别告诉我人走茶凉
奶奶不是说过
日久，见人心

别提醒我巧言令色鲜矣仁
奶奶不是说过
良言一句，三冬暖

别教导我防人心无不
奶奶不是说过
人初，性本善真

别唱黑夜无止无休
可曾见晨光乍起橙红映染
宇宙，冲破朦胧

夜在寂静中消逝

紧随时光反复
会在日出时燃起明灯

于是我仍相信真善
以及这个世界的至美

如果一定要有黑暗
那它也不过是
对比黎明的参照
往往，现实很奇妙
当你选择相信什么
世界就给你呈现多少

猜猜我有多爱你

夜空盛开满画布的星
路过天宫仙子，洒下的影
月光映入你清澈的眼睛

梦中有一片静谧的树林
在黑暗中觉知着不安
寒风中依偎紧紧

那般弱小的心灵
竟如此倔强着坚定

我懂你孩童般的顽皮
宠你偶然失控的情绪
允你黏我不舍的珍惜

你却不知啊
那是我深深依恋着你

来到我生命中的馈予

如果你愿意——
猜猜，我有多爱你

听话·爸爸

您不会听我的话

就像我

曾漫不经心的回答

——要按时吃饭啊

——好哒好哒

——晚上早点休息

——知道啦知道啦

——努力学习和工作

——明白明白啦

曾烦恼被束缚的自由

在匆匆而逝的岁月青葱

抑或懵懂过的认知

惊扰了心门，久后才愈合

没人告诉我备好流年

已然，走到今天

而记忆深处时常涌起
温暖的碎片
在黑夜，亦会闪亮点点

那是趴在背上的安全
偶然幽默感染后的捧腹
第一次被惩罚错误的深刻
看您手工而自叹不如的女儿
是远行前被您嘱咐的：
在外好就好，不好就回
我们永远等你，在家

我曾见过最巍峨的高山
却没比过您宽厚的胸膛
我曾遇到最清澈的河流
怎堪比您待女儿的明净
我拥有了多一份的深爱
您送上的是祝福的情深

您就在身边
我哪能长大
我永远不想再成长
如果岁月可以静止

我就要永驻现在的时光

我依然是那个大小姐，
而您，是如此有力量
一直地，就在我身旁

您终会听了我的话，
就像有一天我学会了理解您
爸爸
爱，一直都住在我们家

家 乡 桃 源

不总是一抹淡蓝
偶尔会朦胧袭来
那是江水连绵顽皮
凝结悬浮而细微
外出，湿漉鞋子的美

晨曦洒下斑驳
雨露伴叶落纷飞
薄纱浸透暮霭深沉
细语萦绕过，整个冬天

你若来到这里
将会遇见
那世外，这世间
正有片桃源永驻
在心间
正在，心间

写　你

如果让我写你
我只好
闭上眼睛

如同呼吸一般
看不见你啊
叫我怎么下笔

如果让我写你
世界突然
失了声

如同默片之曲
听不见你啊
让我如何行文

如果一定要写你
我将心门开启

去阳光下感受天地
在物外
存有的一切
就如同隐形的重

压在心里，沉淀
初心
稳稳地，那正是你

多 变 妈 妈

小时候不舍离开她
藏起她出差的皮箱被骂
——无论你去哪
我都想跟着
啊！辛勤的妈妈

小学生考砸怕回家
偷改了试卷被发现
——她狠批作假
教导我诚实
啊！严厉的妈妈

大学后带回伴儿
你准备一桌吃不完的菜
——您那么疼我
却让我疼他

啊！慈爱的妈妈

如今我已长大，
是时候理解了她
是哪天白发爬上了青丝
眼角笑出时间的纹路
有许多的事不再要您答
啊！妈妈
我健忘的妈妈

如今我已长大
是时候牵起您的手
别过矜持的情感表达

岁月载不走爱意深沉
现在轮我来爱护您啦
啊！妈妈
最亲爱的妈妈

中　国　心

我能做的太少
但别以为
养在深闺就不懂崇高

曾敬你一尺温柔
被你反咬
就别怪我弄枪舞刀

我能懂的太少
但别以为
涓涓细流，涌不起波涛

曾一心圣贤书
但，国家国家
那是心中不可撼动的情操

我能呼吁的太少
但别以为
中国人不分喜好
峥嵘岁月洗礼风霜无数
中国心!
是永萦绕在心头的骄傲

祖国啊!
曾抱怨回避,也有嘲笑

殊不知
如此不完美的您
却带来和平生活的美好

纵使有万千理由去改善,
但一次
都不允被外人侵扰

纵使越岭跋山遥远
祖国母亲
依然是最暖的怀抱

纵使你我力量微小

但，星火燎原

即是我们，中国之道

珍　爱

无尽的音符
悠扬在空中盘旋
越过黎明
邂逅暖色的地平线

过去的黑暗
在尾音中画下句点
人生
何不去体会一场
纯粹的惊艳

就像日出
坚定地升起
从今天，开始走向明天
无论身在何处
心，依然在

是江山入梦般萦牵

岁月
将世间所有的花看遍
最浪漫的是
我依然爱你
一如从前

这便是
对祖国您啊
最珍爱的，今天

乡　　愁

江边的鹅卵石
可记得我曾去过
河堤边嬉戏的孩童
早已随岁月飘忽远走

干一杯陈酿的烈酒
垂柳阑干，于心悠悠
任鸣笛的渡轮穿行其中
回望古老时候
一叶小舟

渡不过屈公的诗意离愁
待睹昭君容颜，画不尽的
最是她，印记于你心间的
回眸

我曾无数次地行走
于大地江海、草原山丘

却总在静谧的一刹那
你出现
从眼前直至心头

不再问石记起与否
融入骨里的
才是真切的思念
无可替代
未能相守

不过淡淡
却又浓郁深切的
乡愁

祝　　福

珍惜陪你走的每一段路
无论是清晨或在日暮
终有一天
你会松开我的手
去勇敢地面对
这个世界的孤独

但我从不曾怀疑，
你内心深处满怀的富足
于是我一直都相信
无论平凡在岁月里如何沉淀
亦不会阻碍你前行的脚步

生命是你自己的选择
当懂得为自我所愿而付出
不问世事无常或繁复

永带一颗平常心

度一生

饱含爱意，愉悦的幸福

心灵的家乡

流水边的平缓山坡
有一个农场

当四季花开的时候
牧草牛羊在身旁
听溪流潺潺流过
看野鹤漫步闲云
闻花香感动的事
说一个正实现的梦想

那时候
岁月还不老
流年遗忘了时光

每个醒来的清晨
阳光透过清澈的窗

唤醒沉睡的生命
与朝曦日暮去歌唱

从此，觅得
沉淀在
心灵的家乡